ПРИХОД ЗИМЫ

Зимние песенки

Долгим зимним вечерком
Плачет вьюга под окном,
Снег крутит, крутит…
В детской светит огонек;
Няня вяжет свой чулок,
Сказку говорит…

Приход зимы

С моря-океана
Ветры стали дуть;
Снежные туманы
Двинулися в путь.
Затянулись речки
Тоненьким ледком;
Люди топят печки,
Греются чайком.
Поле понемногу
Снегом замелось;
Вышел на дорогу
Дедушка-Мороз.

Утром спозаранку —
Чуть редела тьма,
Прикатила в санках
Бабушка-Зима, —
В белой размахайке,
В белых сапогах,
В шапке-горностайке,
С елочкой в руках…
«Разукрашу ветки,
Понастрою гор!..
Выбирайтесь, детки,

На широкий двор!..
А не то в окошко
Постучу сама:
Знайте, детки-крошки,
Что пришла Зима!..»
. . . .

Елка

Гнутся ветви мохнатые
Вниз к головкам детей;
Блещут бусы богатые
Переливом огней;
Шар за шариком прячется,
А звезда за звездой,
Нити светлые катятся,
Словно дождь золотой…
Поиграть, позабавиться
Собрались дети тут
И тебе, ель-красавица,
Свою песню поют.
Все звенит, разрастается
Голосков детских хор,
И, сверкая, качается
Елки пышный убор.

Песня:
В лесу родилась елочка,
В лесу она росла,
Зимой и летом стройная,
Зеленая была.
Метель ей пела песенки:
Спи, елка… баю-бай!
Мороз снежком укутывал:
Смотри, не замерзай!
Трусишка зайка серенький
Под елочкой скакал.
Порой сам волк, сердитый волк
Рысцою пробегал.

Веселей и дружней пойте, деточки!
Склонит елка скорей свои веточки.
В них орехи блестят золоченые…
Кто тебе здесь не рад, ель зеленая?

***

Чу! Снег по лесу частому
Под полозом скрипит.
Лошадка мохноногая
Торопится, бежит.
Везет лошадка дровенки,
На дровнях мужичок.
Срубил он нашу елочку
Под самый корешок…
Теперь ты здесь, нарядная,
На праздник к нам пришла,
И много-много радости
Детишкам принесла.

Веселей и дружней пойте, деточки!
Склонит елка скорей свои веточки.
Выбирайте себе, что понравится…
Ах, спасибо тебе, ель-красавица!

СНЕГУРКА
ТЕКСТ Р. К.
РИСУНКИ А. ЛОЖКИНА.

За горами, за долами
Во дворце меж льдами
Жил Мороз с своей дочуркой,
Маленькой Снегуркой.

У Снегурки алы щечки,
Глазки — василечки,
Белокурые косички,
Голос, как у птички.

Нарядилась раз Снегурка
В беленькую шкурку,
Капор, варежки, сапожки,
Бегать по дорожке.

Ей Мороз сказал сердито:
— Дочка! не шали ты!
Здесь в лесу стрелок шагает,
Он тебя поймает.
А Снегурка не боится,
Скачет да резвится;
Провалилась в снег плутовка,
Чуть видна головка.

Шел охотник с зорким взглядом,
Нес ружье с зарядом.
«Что такое за зверочек
Спрятался в кусточек?
Я стрелять его не стану,
Лучше так достану:
Пусть играют с ним ребятки
В теплой нашей хатке».

И поймал стрелок Снегурку,
Белую фигурку,
На руках донес в избушку:
«Нате вам игрушку!»..
Дети куколкой назвали,
С ней весь день играли;
Уложили спать Снегурку
В хате на печурку.

Огоньки в золе мерцают,
А Снегурка тает;
И под дверцу баловница
Вытекла водицей.

На морозе встрепенулась,
Деткой обернулась —
И пустилась по дорожке —
Чуть мелькают ножки.

Ей Мороз сказал сердито:
— Дочка! где была ты?..
И поставил на часочек
Дочку в уголочек.

СНЕГОВИК
МОСКВА.
ИЗДАНИЕ
И. КНЕБЕЛЬ

В зимний день
толпой прилежною
Суетилась детвора:
Все лепили куклу снежную
Средь широкого двора.

Дело шло без замедления…
Подбоченясь, словно пан,
Вырос всем на удивление
Снеговой смешной Болван.

Угольки глазами вставлены,
Шляпа на брови сползла,
Ноги накрепко расставлены,
И под мышкою метла!..

Долго дети забавлялися,
Но пришлось идти домой.
Звезды в небе загоралися,
Выплыл месяц золотой.

Снег огнями перекинулся,
Вся заискрилась гора…
Снеговик вдруг ожил, двинулся,
И сказал: «Теперь пора!»

Он швырнул метелку сорную,
Оглядел широкий двор,
Нахлобучил шляпу серую
И полез через забор.

Выбрал он дорогу длинную:
В лес задумал убежать!
Спрыгнул в улицу пустынную
И давай по ней шагать.

В тупичок да в закоулочек,
Вправо, влево… шел да шел
С переулка в переулочек…
Лесу так и не нашел.

Вот яснеет зорька алая,
Светит солнце в небесах.
Идут в школу детки малые,
Тащат сумочки в руках.
Глядь — навстречу им торопится
Неуклюжий великан...
Дети стали... да как бросятся!
„Да ведь это наш Болван!..»
Побросали книжек связочки,
Повалили беглеца,
Уложили на салазочки
И домчали до крыльца.
Покачали все головками,
Стали думать да гадать
И Болванчика веревками
Порешили привязать.

А чтоб вновь
проказник шуткою
Их не вздумал удивить,
Привели собаку чуткую
И велели сторожить.

САНКИ САМОКАТКИ

ИЗДАНИЕ
И. КНЕБЕЛЬ
МОСКВА

ТЕКСТ
Р. К.
РИСУНКИ
А. В. ЛОЖКИНА.

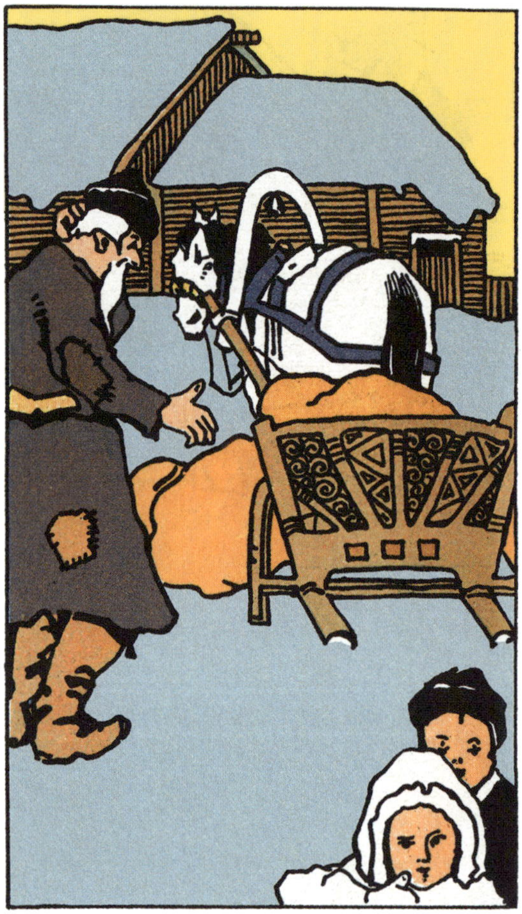

Раз ребятки шли базаром,
Любовалися товаром.
А ребяток было шесть, —
Как же их не перечесть?..

Петя, Маша да Андрюша,
Да Сергей с сестренкой Грушей,
Да последний был Илья —
Чуть побольше воробья.

«Глянь, ребятки, вот так санки!..
Что снаружи, что с изнанки!..
Изукрашены резьбой,
Ободочек золотой!..

А купец им: — Эх, ребятки!..
Это санки-самокатки!
Вынимайте пять рублей
Да садитесь поскорей!..

Пятачок был у Андрюши,
Да двугривенный у Груши,
Да у тех копейки три…
Только нету у Ильи.

Сосчитал купец монетки:
— Ну, идет!.. садитесь, детки!..
Все визжат: «Я сяду!.. я!..»
Уцепился и Илья.

Петя кучером садится:
«Ну, куда ж нам прокатиться?..»
И решила мелюзга:
В лес, где бабушка-Яга!..
И полозья заскрипели,
Вихрем санки полетели...
«Эй, держи!..», народ кричит:
«Что за чудо?.. Кто так мчит?..»

Где ж догнать!.. несутся санки,
Вдоль по речке, по полянке,
Через мостик на село,
Где сугробы намело.
Дальше, дальше... вот и поле;
Ветер ходит здесь по воле;
Вьюга песенки поет...
Санки катятся вперед.

Вот и лес… темны дорожки.
Глядь, — избушка — курьи ножки!..
Серый волк у двери спит,
А Яга в окно глядит.

Стали санки-самокатки…
Как заплачут тут ребятки!..
Волк проснулся, страшный зверь,
И Яга открыла дверь.

Вышла Баба, да как ахнет:
— Фу, как русским духом пахнет!..
Надо их пересчитать:
Раз, два, три,
четыре, пять!..

Обочлась Яга немного,
Не заметила шестого;

Очень мал шестой-то был,
И снежок его прикрыл.

Вяжет Баба ручки деткам,
Посадила их по клеткам;
Сел кот-Васька их стеречь…
А Яга уж топит печь.

Волк сидит, на снег косится:
«Кто в снегу там шевелится?..»
А Илья из снегу — скок!..
Да дубинкой волка в бок.
Мальчик досыта смеялся,
Как прыжками волк умчался…
— А теперь пойду в избу:
Что так дым валит в трубу?!.

Васька-кот хвостом виляет,
С полу глазок не спускает:
«Кто шуршит там? кто ползет?..
Верно, мышь!..» — и прыгнул кот.

Поднялся Илья на ножки:
— Чтобы я боялся кошки?!..
Что я мышка, что ли?.. Брысь!..
Вот в другой раз попадись!

Убежал кот без оглядки,
А Илюша: — Ну, ребятки!..
Я вам клетки отопру,
Выйду сам, а дверь запру.
Отодвинуты задвижки…
Убежали ребятишки,
Сели в саночки, дрожат
И домой скорей хотят.

А Яга кричит, бранится,
В запертой избе стучится;
Кот мяучит, волк ревет…
Ну-ка, саночки, вперед!..
И полозья заскрипели,
Вихрем санки полетели
Лесом, полем, вдоль реки
И к селу, на огоньки.

Стали санки-самокатки…
По домам пошли ребятки,
Отогрелися чайком
И заснули крепким сном.
Светил месяц по полянке,
Видел он пустые санки;
Ветер санки укатил
И назад не воротил!..

КОНЕЦ

Зимняя песенка

Вот зима пришла
серебристая,
Белым снегом замела
поле чистое.
Днем с детьми на коньках
всё катается,
Ночью в снежных огоньках
рассыпается...
В окнах пишет узор
льдом-иголочкой
И стучится к нам во двор
со свежей елочкой.

БЕДА ПЕТУШКА
МОСКВА.
ИЗДАНИЕ
И. КНЕБЕЛЬ.

У речки, над водицей,
Построен теремок;
Там с Курочкой-сестрицей
Жил братец-Петушок.
Зима уж серебрится,
На речке стал ледок…
«Вот славно прокатиться!»,
Подумал Петушок.

К сестрице на рожденье
Хотели гости быть;
Пришлось для угощенья
Ей жарить и варить.
Вот Курочка у печки
Готовит пирожки,
А брат пустился к речке,
Схватив свои коньки.

Едва он покатился

Да спел:

«Ку-ка-ре-ку!..» —

Как лед под ним сломился…

Ах, горе Петушку!..

Не может шевелиться,
Как ключ идет ко дну…
«Ай-ай!.. спаси сестрица!..
Ай, Курочка, тону!»
На крик бежит сестрица
Да кой-кто из гостей:
Ворона да синица,
Снегирь да воробей…

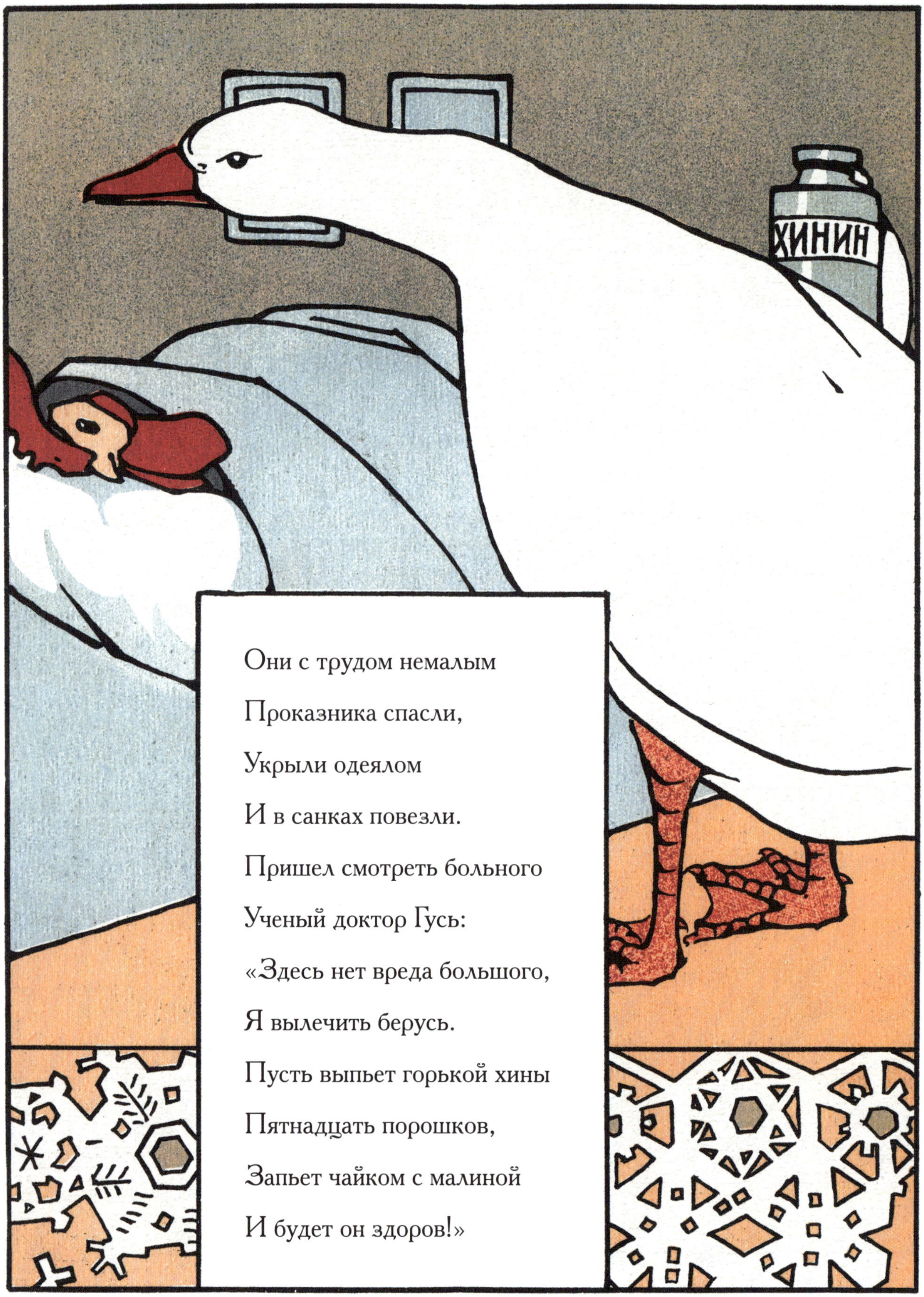

Они с трудом немалым
Проказника спасли,
Укрыли одеялом
И в санках повезли.
Пришел смотреть больного
Ученый доктор Гусь:
«Здесь нет вреда большого,
Я вылечить берусь.
Пусть выпьет горькой хины
Пятнадцать порошков,
Запьет чайком с малиной
И будет он здоров!»

За стол тут гости сели, —
Им подали пирог!..
Глядит на них с постели
Бедняжка-Петушок.

ИЗДАНИЕ И. КНЕБЕЛЬ.
ТЕКСТ РК
РИСУНКИ
А В ЛОЖКИНА
КАК ШАЛИЛИ
ПАВЛИК С НЕТОЧКОЙ

Нянина гостья

Рассвело. Как в алой краске,
Снег за окнами лежит;
У детей раскрылись глазки…
Только няня крепко спит.
Уж за дверью лает звонко
Рослый добрый пес Мамай,
Павлик шепчется с сестренкой:
— Слышишь, Нета!.. помогай…
В рубашонках прыг с постели,
Настежь дверь… Мамай идет;
На него очки надели,
Чепчик нянин и капот;
Даже фартук подвязали,
Усадили у стола
И к старушке подбежали:
— Няня, встань! Кума пришла.
Просыпается старушка
И ворчит: «Опять шалят!»
Павлик с Неточкой-резвушкой
Ни гу-гу! Как будто спят.

А за столиком в молчанье
Дама важная сидит,
В длинном странном одеянье,
И на нянюшку глядит.
Встала няня. Что за диво!
Ведь и впрямь кума пришла,
Только что-то молчалива…
— Что так долго не была!..

— Ишь ведь платье как похоже,
Точно шила я сама,
И очки… и чепчик тоже…
Али это не кума?
Стала нянюшка сердиться.
— Что ж молчишь? кума, аль нет?
Вдруг кума как завертится
И залаяла в ответ.

Няня на пол так и села:
— Ишь ослепла я… Мамай!..
И все в детской зазвенело:
Хохот, шум, возня и лай…

Удивительный торт

Повар был Архип искусный,
Повар — первый сорт.
Раз испек он очень вкусный
Шоколадный торт.
Что за торт! дорожкой целой
В нем цукат лежит;
На верхушке сахар белый
Как узор блестит.
Детям хочется в окошко
Увидать пирог.
— Отойди, Архип, немножко,
Дай взглянуть разок.
— Не мешайте! Отойдите!..
Повар им в ответ:
— Вы тогда его смотрите,
Как подам в обед.
И, чтоб не было им видно,
Он закрыл окно.
Стало Неточке обидно,
Павлику — смешно.

Притаились втихомолку
Дети в кладовой,
А Архип туда ж, на полку,
Торт поставил свой.
Он прикрыл его картонкой
От докучных мух.
Павлик с Неточкой-сестренкой
Затаили дух.
Ну, ушел!.. была б охота,
Все пойдет на лад;
В кладовой кипит работа,
Шалуны спешат…
К торту ушки приклеили,
Продавили рот,
Толстый нос, глаза всадили,
То-то стал урод!..
Посмотрели брат с сестренкой.
«Ну, хвались теперь!»
Принакрыли торт картонкой
И шмыгнули в дверь.

Начался обед парадный
И к концу пришел…
Торт прекрасный, шоколадный
Подают на стол.
Приподнял Архип картонку
На виду у всех, —
И раздался хохот звонкий,
Бесконечный смех!

Заливались дети, гости,
Деда старичок;
Даже строгий дядя Костя
Смех сдержать не мог.
Даже повар, рассердившись,
Думал: эк стряслось!..
И, к буфету прислонившись,
Хохотал до слез.

Напугали

У папы и у мамы знакомый был один,
Худой, высокий, хмурый, ученый господин.
Раз папа не был дома; ученый долго ждал,
Курил, читал газету, просматривал журнал.

Тогда же Павлик с Нетой, набегавшись, пришли,
Большую книгу сказок с собою принесли.
Уселись в уголочек, и Павлик начал вслух:
«Жил-был в далеком царстве лесной зеленый дух»...

Ученый рассердился и крикнул им: — Молчать!
Позволить не могу я глупости читать!
Возьмите лучше книгу естественных наук;
Вот таракан, лягушка, оса, змея, паук;

А эти ваши сказки — их разорвать да сжечь!
Скажу сегодня ж папе, чтоб он их бросил в печь.
И тотчас он у деток их книгу отобрал,
А им читать о змеях сердито приказал.

В испуге бледный Павлик не смел поднять глаза,
У Неточки по щечке скатилася слеза.
Им жаль любимой книги, а спорить нету слов.
Сидят и смотрят молча на змей и пауков.

Чай вечерний разливая
Няню спрашивает мать:
— Что у нас за тишь такая?
Что же деток не слыхать?

— Детки, барыня, играют,
Хорошо так, не шумят,
Что-то клеят, вырезают,
И по книжечке глядят.
Я видала — за кроваткой
Спрятан страшный черный жук,
Таракан огромный, га-адкий,
Да вот этакий паук.
Я вам, барыня, признаюсь,
Перетрусила и я,
Как ползла за мной, качаясь,
Трехаршинная змея!..
Все по книжке: пасть раскрыта,
И язык о двух концах...
Да вы сами-то зайдите,
Поглядите, просто страх! —

Мама с няней идут к детской.
Но уж поздно — деток нет,
Лишь веревки, да обрезки
Засорили весь паркет...

Уж у папы в кабинете
Копошатся дети:
По углам зверей приткнули,
Нитки протянули.
Павлик сел в тени экрана,
Нета у дивана.
Папа их не замечает,
В шахматы играет.
Вышел папа. Гость один.
Тихо топится камин,
Лампа светит сквозь колпак,
В кабинете полумрак.
Чу! вдруг шорох, шелест, стук...
Вышел чудище-паук
И к ученому ползет...
Тот от ужаса встает,
Хочет вспрыгнуть на диван...
А оттуда — таракан, —

Таракан — да ведь какой?!
Страшный, черный и большой.
И ученый прошептал:
«Я таких и не видал!
«Что со мной? Не сплю ли я?»
Вот, шурша, ползет змея,
Гнет раздвоенный язык…
Тут ученый поднял крик,
Так что дрогнуло кругом,
И сбежался целый дом!..

Бегут и папа с мамой,
И повар, и лакей,
Кухарка, гостья-дама
И дворник Федосей,
И няня здесь старушка,
И дедушка-старик,
Здесь Неточка-резвушка,
И Павлик-баловник.

Зверушек и веревки
Они уж отнесли,
Пригладили головки
И вовремя пришли.
Ученый с видом ласки
К себе их поманил:
— Читайте ваши сказки,
Неправ я с вами был.
За то вот и дождался
Таких ужасных снов,

Что вдоволь начитался
Про змей и пауков!..

Живой чемодан

Тетя Аня собирается
Восвояси уезжать.
Нежно с Неточкой прощается,
Просит Павлика писать.
Дети плачут: — Тетя, милая!
Ну, останься день-другой…
— Нет, три месяца гостила я,
Мне давно пора домой.
Грустно смотрят Павлик с Неточкой
На корзины и ремни.
В чемодан забрались деточки,
Как осталися одни.
Тетя Аня наклоняется,
Чтобы крышку приподнять,
Чемодан скрипит, шатается,
Невозможно удержать.
В изумленье тетя пятится:
Чемодан-то стал живым!..
И к дверям поспешно катится.
Вот поди, беги за ним!
Скрылся он в места укромные
Возле лестницы в пыли,
И его лишь ночью темною
Разыскать с огнем могли.
Тетя Аня хоть старалась,
Но сердиться не могла:
На два дня еще осталась…
То-то радость-то была.

Заключение

Девять бьет, притихли деточки.
Не играют, не шумят;
Уж закрылись глазки Неточки,
У Павлуши глазки спят.

Поразбросаны игрушечки,
Спущен занавес в окне;
Детки спрятались в подушечки,
Улыбаются во сне…

Чуть горит лампадка в спаленке,
Две кроватки чуть видны;
У окна дорожкой маленькой
Серебрится свет луны…

ДЕДЫ
ПЕЩЕРНЫЕ

Как-то ночью у Лизочки-крошечки
Глазки долго заснуть не могли…
Чу! вдруг стукнуло тихо окошечко,
И Пещерные Деды пришли.
Все потешные, все краснолицые,
Все седые, и каждый с мешком,
Прямо к Лизе пришли вереницею,
Глазки ей засорили песком.

Тот песок был волшебный, наверное;
Глазки мигом закрылись — и спят.
А веселые Деды Пещерные
Повели нашу девочку в сад.
Все на цыпочках вышли, тихохонько,
В тачке красной расселись все в ряд —
И поехали... В небе светлехонько:
Месяц, звездочки так и горят!..

Спит земля в эту пору полночную;
Тихо-тихо... Колеса скрипят.
Едет Лизочка в страны песочные,
Где песочные горы стоят.
Вот играть-то! везде рассыпается
Золотистый блестящий песок...
У пещеры ей Дед улыбается:
«Просим милости в наш уголок!»

Гей-да-ну! сбирайтесь, деды,

Заводите хоровод!..

Гей-ну! Гей-ну! хоть и седы —

Развеселый мы народ!

Светят звезды золотые,

Люди, звери, птицы спят!..

Только деды удалые

Спать нисколько не хотят!

«Есть у нас лопатки,

Ведра и совки;

Из песка так сладки

Выйдут пирожки!..

Мы печем проворно:

Вот вам торт большой

В ямках, весь узорный,

Три рубля ценой!»

Светлый месяц лучами червонными
Всю пещеру внутри осветил,
Поклонился со всеми бессонными —
И на ужин к себе пригласил.
Вот шары замелькали воздушные,
Деды с Лизой взвились, словно дым.
Золотое лицо добродушное
Стало сразу ужасно большим!..

По тропинке, походкою мерною,
Между звезд, на лугу голубом
Идут с Лизочкой Деды Пещерные
Прямо к светлому Месяцу в дом.
Загремели ключи с перезвонами,
Свет блеснул из раскрытых дверей;
Вышел Месяц-хозяин с поклонами,
Лает Шавка на званых гостей.

Вот дождались и часа урочного,
Подан ужин в саду на лужок;
И вкруг торта большого песочного
Сели гости в веселый кружок.
Торт разрезан на ломтики тонкие,
В бочке налит малиновый квас;
У стаканчиков краешки звонкие…
Деды чокнулись ими не раз.

Вот уж гости домой собираются:
— Светлый Месяц, спасибо! прощай!..
Но шары наши вниз не спускаются;
Как же быть?.. Ты хоть зонтик нам дай!!!
Улетели… Луч солнышка ясного
Заиграл над притихшей землей;
Не видать уже зонтика красного…
Месяц плачет слезой золотой.

Рдело небо под зорькою алою,
Резвый аист кружил над рекой,
Когда Деды и Лиза усталые
Тихим шагом вернулись домой.
Улеглась наша детка примерная
И проснулась лишь в восемь часов…
«Где же, где же вы, Деды Пещерные
Из страны золотистых песков?»

Содержание